HOSHMAKAKA

HOSHMAKAKA

Fredrick H. Thury

Ilustrado por Vlasta van Kampen

editorial

Zendrera Zariquiey

Dedicado a Alexis y Sara.
F.H.T.

Para mi hija Saskia. Este Camello es para ti.
V.v.K.

Edición original publicada en 1998
con el título: *The Last Straw*
por Key Porter Books Limited
Texto © 1998 Fredrick H. Thury
Ilustraciones © Vlasta van Kampen
© De la traducción castellana:
Editorial Zendrera Zariquiey, Barcelona, 2000
Cardenal Vives i Tutó, 59 - Tel. 93 280 1234
08034 Barcelona - España
Traducción: Paula Ungar
Primera edición: Noviembre 2000
ISBN: 84-8418-045-X
Depósito legal: B-37.789-2000
Impresión: La Estampa, c/ Bécquer s/n, Nave 13
08930 St. Adrià del Besós. Barcelona

Hoshmakaka, el viejo camello, dormía bajo la luz de la luna. Soñaba con toda el agua del mundo y con una joroba que pudiera contener un mar entero.

Al oír voces, Hoshmakaka abrió un ojo. «Hoshmakaka, Hoshmakaka».

De mala gana, Hoshmakaka abrió el otro ojo. «¿Por qué habría de despertarme?», rezongó.

La arena se levantó formando remolinos, hacia el cielo iluminado por la luna. «Has sido elegido», susurraron las voces.

La arena pareció levantarse de nuevo. «Llevarás regalos para un rey bebé».

«¿Quién eres?» quiso saber Hoshmakaka, pues él era un camello viejo y sentía que se merecía su descanso.

«Llevarás incienso, mirra y oro. Los hombres sabios te han elegido».

Hoshmakaka se levantó muy lentamente. «¿Por qué yo? si esos hombres son tan sabios, ¿cómo es que no se han enterado de mis articulaciones? ¿y mi gota? ¿y mi ciática? ¿qué decís que debo cargar? ¿cuánto pesará?».

«Además, tengo otros compromisos. Hay una competición de bebedores de agua en Rangal. Luego, debo ir a la convención de rumiantes en Beemish».

La arena voló con furia, excavando en la negra noche. Hoshmakaka estaba asustado y decidió que más le valía hacer lo que las voces le indicaban. Quién sabe qué era lo que hacía que la arena se moviera como criaturas con grandes alas.

«¿Cuándo empiezo?» preguntó con cuidado.

«Hoy». En ese momento, las voces desaparecieron y ya era de día.

Aún era temprano cuando los sirvientes de los hombres sabios
pusieron los preciosos regalos sobre el lomo de Hoshmakaka. Los
camellos jóvenes corrieron hasta donde su buen amigo. Todos lo
admiraban porque él era viejo y lo creían sabio.

«Debes ser un camello muy especial», suspiraron.

«Soy muy especial». Hoshmakaka hinchó su pecho con orgullo y
después dijo algo un poco tonto. «No soy tan viejo. Aún soy tan fuerte
como diez caballos».

«Y he sido elegido para llevar ricos regalos al nuevo rey bebé».

«¿Podemos venir contigo?», preguntó el camello más joven, que nunca quería que lo dejaran atrás. «¿Es que no somos tus amigos?», gritó otro.

«Podéis caminar a mi lado», respondió Hoshmakaka con su voz más majestuosa.

Y empezó el largo viaje.

Al atardecer, apareció un rebaño de cabras de las montañas. Hoshmakaka pensó que tenían que haber caminado un largo trecho desde su hogar de las montañas, allá en el norte.

«¿Qué queréis?» dijo Hoshmakaka

«Hemos oído hablar del nuevo rey que está por nacer. Por favor, lleva nuestro humilde regalo contigo. Es leche para el rey».

«¿Queréis que cargue leche?», exclamó indignado Hoshmakaka «No soy un camello cargador de leche. No soy un animal cualquiera, como vosotras».

Los camellos jóvenes dijeron en coro: «no, no lo es», y lo miraron con sus grandes ojos marrón. «Es fuerte. Vaya, tanto como diez caballos».

Hoshmakaka refunfuñó para sí: «mis
articulaciones, mi gota, mi ciática». En voz alta
dijo presuntuosamente: «Dadme vuestro regalo».

A la una lo detuvo una familia de molineros.

«¡Mirad!», dijo el camello más joven, «llevan sacos de maíz molido. ¿Creéis que son para el nuevo rey?».

«Los tendrán que cargar ellos mismos», respondió Hoshmakaka. «Ellos también pueden seguir la estrella, como los demás».

Los camellos jóvenes se aglomeraron alrededor de Hoshmakaka ansiosamente. «Pero tú eres muy fuerte. Tanto como diez caballos.»

Hoshmakaka se sintió cansado sólo de mirar los sacos. Pero dijo a los molineros: «Dadme vuestros pesados sacos. Yo los llevaré».

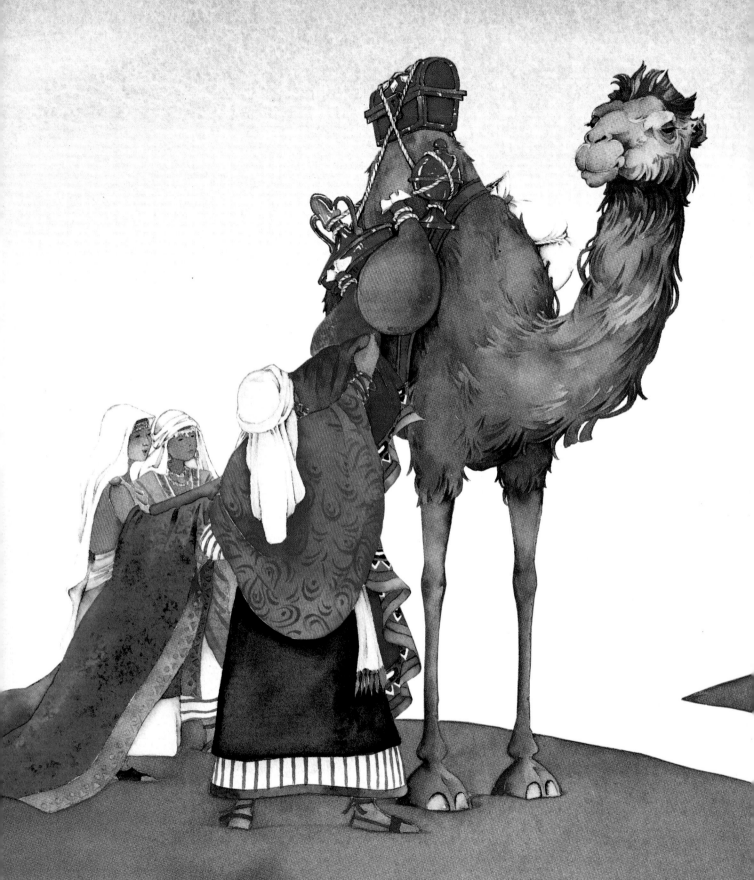

A las dos del día siguiente, unas jóvenes dieron a Hoshmakaka
sus más finas sedas. «Al menos esto no pesa», pensó.

A las tres, un anciano elegante le dio
dos pájaros exóticos en jaulas de plata.

A las cuatro, unos mercaderes le dieron unas
columnas de roble que venían desde el Líbano.

A las cinco, un grupo de pasteleros le dio sus más finos dulces y pasteles.

A las seis, el sol finalmente se ocultó y las multitudes
desaparecieron en la noche que caía.

Hoshmakaka se acomodó, agradecido, en la arena. En la
amable oscuridad no tenía que aparentar ser tan fuerte como diez
caballos.

Hoshmakaka se dio cuenta de que la noche no parecía tan oscura como siempre. Miró hacia arriba y vio el esplendor de los cielos y el brillo especial de la estrella que tenía que seguir. Se quedó dormido preguntándose acerca de las voces de la arena y las alas que creyó estar a punto de ver.

Pero cuando el sol apareció sobre las colinas del desierto, fue
difícil recordar la maravilla de esa estrella. El nuevo día trajo consigo
nuevos sufrimientos y nuevas cargas para Hoshmakaka

«No creo que lo logre. No puedo llevar nada más. Mis piernas se
están debilitando. Mi gota. Mi ciática. Mis articulaciones.
Voy demasiado cargado».

El rumor de la caravana se había dispersado como la arena con el viento del desierto. La gente se había alineado a lo largo de la ruta, alcanzando sus regalos para que fueran llevados por Hoshmakaka al rey bebé. Había cántaros llenos de miel y cestos de dinero. Había grandes rollos de cuero y joyas y abalorios. Y por último, pero no por eso menos importante, había veinte galones de vino.

Hoshmakaka gimió para sí: «este será mi fin, este fruto de la vid».

Pero entonces el camello más joven gritó: «¡Mirad! ¡Allá! Es
Belén. Lo has logrado, Hoshmakaka. Eres tan fuerte como diez
caballos».

Hoshmakaka sabía que sólo podría lograrlo si no se detenía
hasta llegar a la mancha bajo la estrella. Lo lograría, sabía que lo
haría.

En ese preciso momento, desde la creciente oscuridad, se oyó una vocecita: «Tengo un regalo para el bebé».

Hoshmakaka miró hacia abajo y vio a un pequeñísimo niño. «Por favor, niño, no más regalos».

«No pesa nada. Es largo y liviano. Es para el niño que nace esta noche. Es muy poco», añadió el niño.

«Poco ya es mucho», susurró Hoshmakaka

«¿No he oído decir que eres tan fuerte como diez caballos?», preguntó el niño.

«Bueno, sí, más o menos. Pero mis articulaciones. Mi gota. Mi ciática.»

Hoshmakaka miró al niño a los ojos y sintió cómo se derretía su corazón. «Sí, pequeño. Dámelo, dame ese regalo más que pequeño. ¿Qué mal puede hacer?».

«Es para su cama. Es todo lo que tengo».

«Ningún problema», dijo Hoshmakaka valientemente, aunque también un poco tontamente.

Todo este tiempo, Hoshmakaka había seguido andando, porque sabía que si se detenía ya no podría continuar más. Ahora podía ver que la estrella brillaba sobre un modesto establo.

«Niño, hazlo ahora. Pon tu heno sobre mi lomo, que ya estoy cerca del nuevo rey».

Hoshmakaka entró al establo. «Mis rodillas se aflojan. Me tiemblan las piernas. Se me parte la espalda. ¿Será esta última brizna de heno lo que cause mi caída?».

Y al decir esto, Hoshmakaka cayó sobre sus rodillas. «Oh, no», pensó, «esta no es manera de comportarse para un camello. Dirán que Hoshmakaka, el camello débil, Hoshmakaka el camello orgulloso, no debería haber viajado tan lejos».

Los hombres sabios notaron la presencia de Hoshmakaka.
Rápidamente, ellos también se arrodillaron.

«Me están tomando el pelo. Poniéndose de rodillas, inclinando sus
cabezas como árboles viejos y retorcidos».

Entonces, desde la humilde cuna, salió una mano pequeñísima y tocó a Hoshmakaka. Su dolor pareció desaparecer. Ya no sentía el peso.

Hoshmakaka susurró al bebé: «Hosana de Hoshmakaka. Acepta estos regalos con tu bondad. Vienen de lo largo y ancho del desierto pero fueron traídos por una bestia que una vez obró ciegamente».

A partir de ese momento ya no hubo peso, grande o pequeño, que Hoshmakaka no cargase.